Nina Imhoff

Wo seid ihr?

Nina Imhoff

Wo seid ihr?

Thriller

Bibliografische Information der Deutschen
Nationalbibliothek:
Die Deutsche Nationalbibliothek verzeichnet diese
Publikation in der Deutschen Nationalbibliografie;
detaillierte bibliografische Daten sind im Internet über
http://dnb.dnb.de abrufbar.

Herstellung und Verlag: BoD – Books on Demand,
Norderstedt

ISBN: 978-3-7534-8123-4

Für meine Eltern

Roselies und Heinrich

Kapitel 1

Der Keller, indem Sophie sitzt, ist kalt und feucht.
Es gibt keine Heizung. Und auch sonst gibt es in
dem kleinen Raum nicht viel. Von der Decke
hängt eine einzelne Glühlampe. Hinter einem
Wandvorsprung befindet sich eine Toilette. Die
Spülung funktioniert meistens nicht. Sophie hat
eine Decke, in die sie sich eingewickelt hat. Neben
ihr steht eine Flasche Wasser, auf einem
schmutzigen Teller liegt eine Scheibe Brot. Sophie
hat noch nichts gegessen, sie hat keinen Hunger.
Sie war mit ihrer kleinen Schwester Abby, ihrem
Bruder Markus und ihrer Mutter zusammen im
Greenwich Park. Während ihre Mutter auf einer
Wiese ein Picknick vorbereitete, spielte Sophie mit
ihren Geschwistern auf einem Spielplatz. Solange
bis Abby "Da, ein Hase!" rief und hinterherrannte.
"Abby, bleib hier.", rief Markus ihr hinterher.
Auch ihre Mutter war aufgesprungen und rannte
Abby zusammen mit Markus hinterher. Sophie
blieb auf der Wiese neben dem Spielplatz. Sie
mochte es nicht, wie Abby sich immer in den
Vordergrund drängte, auch wenn sie es mit ihren
vier Jahren sicher nicht mit Absicht tat. Als Sophie
so alt war wie sie, war sie auch so neugierig

gewesen und wollte alles entdecken. Doch die Zeiten sind vorbei. Sophie ist jetzt schon acht Jahre alt. Sie sah, wie ihre Mutter und ihr Bruder Abby eingeholt hatten und wie sie sich eine Hasenfamilie ansahen. Das ist das Letzte, woran Sophie sich erinnern kann. Das Nächste, was sie sah, war dieser Keller. Es ist still im Keller. Es gibt keine Geräusche, die von außen hereindringen. Sophie hört eine Tür quietschen und dann schwere Schritte auf einer Treppe, die lauter werden. Dann geht die Tür zum Keller auf.

Kapitel 2

"Tommy, kommst du?", ruft Caroline die Treppe hoch. "Wo gehen wir hin Mama?", fragt ihr sechsjähriger Sohn Tommy. "In den Hyde Park. Die Sonne scheint so schön. Wir könnten ein Eis essen." "Jaaa." Sofort ist Tommy begeistert. Die McEarls wohnen in einem großen Haus etwas außerhalb von London. Mr. McEarl, Tommys Vater, ist Anwalt. Er hat eine eigene Kanzlei in der Stadt. Mrs. McEarl ist die meiste Zeit, bis auf die Haushälterin Babett, alleine mit Tommy. Caroline und Tommy finden einen Parkplatz in der Nähe der Eisbude. "Eis!", ruft Tommy begeistert. "Lass uns erst eine Runde durch den Park gehen." "Na gut, können wir zum Spielplatz gehen?" "Natürlich." Caroline weiß, wie gerne Tommy den Spielplatz mag, deswegen hatte sie sich heute für den Hyde Park entschieden. Sie verbringen viel Zeit miteinander und unternehmen viele Ausflüge, doch den Spielplatz im Hyde Park findet Tommy von allen am besten. "Lauf ruhig schon vor.", schlägt Caroline vor. Das lässt Tommy sich nicht zweimal sagen.

Als Caroline am Spielplatz ankommt, kann sie Tommy nicht entdecken. Caroline sieht sich suchend um. "Die Kinder spielen Verstecken.", sagt eine andere Mutter. "Ich habe auch schon ein paar Mal gedacht, mein Kind ist weg.", lacht sie. Wenig später entdeckt Caroline Tommy. Er spielt mit ein paar anderen Kindern. Als sie den Spielplatz verlassen, dämmert es schon. "Gehen wir noch Eis essen?", fragt Tommy. "Na, klar. Habe ich dir doch versprochen." An der Eisbude ist, wie so oft, ziemlich viel los. "Zwei Kugeln Schokolade und zwei Kugeln Erdbeere, bitte." Während sie auf ihre Bestellung warten, schaut Caroline auf ihr Handy. Ihr Mann hat ihr geschrieben, dass er mal wieder Überstunden macht und sie mit dem Essen nicht auf ihn warten sollen. 'Nicht schlimm', denkt sie. 'Wir kommen ja auch später nach Hause'. Als ihre Bestellung fertig ist, nimmt sie die zwei Waffeln und dreht sich zu Tommy um. Doch er ist nicht da. Caroline sieht sich, wie auf dem Spielplatz, suchend um. Doch sie kann weder Tommy noch andere Kinder entdecken. "Tommy!", ruft sie laut. Sie bekommt keine Antwort. "Tommy, das ist kein Spaß. Komm jetzt her. Wir wollten doch Eis essen." Der Platz vor der Eisbude leert sich. Doch von Tommy keine Spur. Langsam gerät sie in Panik.

Caroline läuft zurück zum Spielplatz. Der Spielplatz ist leer. Die Schaukeln schwingen leicht im Wind. Caroline läuft zum Auto, doch auch dort ist Tommy nicht. Auf dem Weg zurück zur Eisbude fragt sie mehrere Spaziergänger, ob ihnen ein kleiner Junge aufgefallen ist. Doch keiner hat etwas gesehen. Als sie wieder bei der Eisbude ankommt, schließt diese bereits. Das Eis, das Caroline gekauft hat, schmilzt in ihrer Hand. Sie wirft es in einen Mülleimer. "Entschuldigung, haben Sie einen kleinen Jungen gesehen?", fragt sie den Besitzer der Eisbude. "Nein, tut mir leid." Er verlässt den Park und Caroline bleibt allein zurück.

Ich hasse Mädchen. Mädchen sind zickig, aufmüpfig und nur am Meckern. Außerdem habe ich keine Lust, mit Puppen zu spielen. Seit ich das Mädchen habe, hat sie noch nichts gegessen. Sie will nichts mit mir machen. Ich wollte mit ihr ein Kartenspiel spielen, doch sie wollte nicht. Jetzt habe ich genug von ihr. Ich habe mir einen Jungen geholt. Jetzt muss ich sie nur noch irgendwie loswerden.

Kapitel 3

Der Wind pfeift durch die Straßen, als Steve Johnson seine kleine Londoner Stadtwohnung verlässt, in der er seit zwei Jahren wohnt. Das schöne Sommerwetter der letzten Tage ist verschwunden. Es wird herbstlich. Er zieht die Tür hinter sich zu und macht sich auf den Weg zur U-Bahn-Station. Heute ist sein erster Arbeitstag bei London Police. Endlich. Er hat schon so lange davon geträumt, eines Tages bei London Police zu arbeiten. Natürlich hat er ausgerechnet heute verschlafen, doch der Tag kann nur besser werden. Steve Johnson läuft gut gelaunt durch die Straßen und pfeift sein Lieblingslied, "Whistle" von Flo Rida. Obwohl das eigentlich nicht seine Musikrichtung ist. Doch dieses eine Lied mag er. Als er die Stufen zur U-Bahn hinuntersteigt, verlässt die U-Bahn bereits die Station. So ein Mist, denkt Steve. Jetzt komme ich garantiert zu spät. Er wartet auf die nächste Bahn und fährt zur Wache. "Guten Tag, ich bin Steve Johnson und arbeite ab heute hier.", sagt Steve am Empfang. "Einen Moment, bitte. Ah, da kommt schon Detective Dungeé.", antwortet die Empfangsdame. Ein älterer Mann mit Brille kommt direkt auf

Steve zu. Er sieht nicht sehr erfreut aus. "Officer Johnson, schön, dass Sie auch mal hergefunden haben. Sie sind zu spät. Wir müssen auch direkt los, wir haben einen neuen Fall.", begrüßt ihn Detective Dungeé. Sie gehen zu einem älteren Chevrolet Modell. Auf der Fahrt erzählt Detective Dungeé Steve von dem Fall. "Kindesentführung. Tommy McEarl, sechs Jahre. War mit seiner Mutter Caroline im Hyde Park auf dem Spielplatz. Danach wollten sie ein Eis essen gehen. Mrs. McEarl hat einen Moment nicht aufgepasst und Tommy war weg. Der Vater, Mr. McEarl ist Anwalt, er hat eine eigene Kanzlei, in der er auch war, als Tommy verschwunden ist. Babett, die Haushälterin, war zuhause und hat das Abendessen für die Familie vorbereitet. Tommy ist bereits 15 Stunden verschwunden. Sie kennen die 48 Stunden- Marke?" "Ja" Die 48 Stunden- Marke besagt, wenn ein Kind nach 48 Stunden nicht wieder auftaucht, wird es immer unwahrscheinlicher, es noch lebend zu finden. Während Steve noch darüber nachdenkt, fährt Detective Dungeé fort. "Letzte Woche ist die achtjährige Sophie Wilson im Greenwich Park verschwunden. Sie war mit ihrer Mutter und ihren beiden Geschwistern dort. Während die Mutter und der Bruder der kleinen Schwester nachgelaufen sind, verschwand Sophie. Wir wissen noch nicht, inwieweit die Fälle zusammenhängen. Wir fahren jetzt zu dem Haus der McEarls." Steve Johnson hat keine Zeit, nochmal durchzuatmen, denn schon halten sie vor dem Haus der McEarls.

Kapitel 4

Sophie ist nicht mehr allein. Er hat ein neues Kind gebracht. Einen kleinen Jungen. Er ist jünger als Sophie und seit er da ist, weint er ununterbrochen. "Wie heißt du?", fragt Sophie ihn. "Tommy und du?" "Sophie. Wo hat er dich geholt?" "Im Hyde Park." "Mich hat er im Greenwich Park geholt. Ich will nach Hause." "Ich auch.", sagt Tommy. "Wollen wir etwas spielen?", fragt Sophie Tommy. Sie möchte ihn und auch sich selbst ablenken. Der Mann hat ein Kartenspiel dagelassen. Eigentlich wollte er es mit Sophie spielen, aber sie nicht mit ihm. Er war sauer gewesen, hatte rumgeschrien, dass man mit ihr gar nichts anfangen konnte und war wütend die Treppe hoch gestapft. Sophie hatte an der Tür gerüttelt, wie sie es schon öfter getan hatte, seit sie hier war. Doch es hatte nichts gebracht. Die Tür ist fest verschlossen. Sie hatte das Gesicht des Mannes nicht gesehen, denn immer, wenn er hereinkam, trug er eine alberne Affenmaske. An der tiefen Stimme hatte sie erkannt, dass es ein Mann ist. Während Sophie Brot bekommen hatte, welches inzwischen schon ganz hart ist, hat Tommy Schokoladenkekse bekommen. Er teilt sie mit Sophie.

Die beiden haben gerade die vierte Runde des Kartenspiels beendet, als sie Schritte hören. Er kommt. Das Schloss der Tür wird aufgeschlossen und da steht er. "Geht's dir gut?", fragt er Tommy. Tommy rutscht ein Stück zurück und nickt vorsichtig. "Guck mal, ich habe dir was mitgebracht." Der Mann holt ein ferngesteuertes Auto hervor und stellt es vor Tommy ab. "Probier es aus." Langsam greift Tommy nach der Fernbedienung. Das Auto macht einen Satz nach vorne. Ein leichtes Lächeln huscht über Tommys Gesicht. "Wusste ich doch, dass es dir gefällt." Sophie fragt sich, was der Mann ihr wohl schenkt. Doch der beachtet sie gar nicht. Er schaut Tommy zu, wie dieser mit dem Auto spielt. "So komm, wir müssen los.", sagt er plötzlich. Tommy zuckt zusammen. Der Mann guckt in Sophies Richtung. Sie merkt sofort, dass nicht Tommy gemeint ist. Der Mann greift nach ihrem Arm und zerrt sie zur Tür. "Nein, bleib hier.", ruft Tommy. So sehr sich Sophie auch gewünscht hat, den Keller zu verlassen, hat sie jetzt ein blödes Gefühl dabei. Als sie den Keller verlassen haben und auf der Treppe sind, versucht Sophie, sich loszureißen. Doch es gelingt ihr nicht. Der Mann holt ein Taschentuch aus seiner Tasche, und noch bevor die beiden das

Erdgeschoss erreicht haben, verliert Sophie das Bewusstsein.

Kapitel 5

Das Haus der McEarls ist groß und modern. Detective Dungeé und Steve Johnson gehen auf einem gepflasterten Weg zwischen Blumenbeeten zur Haustür. Eine junge Frau öffnet die Tür. "Mrs. McEarl?", fragt Detective Dungeé. "Nein, ich bin Babett, die Haushälterin." "Detective Dungeé, London Police. Das ist mein Kollege Officer Johnson.", sagt Detective Dungeé und hält seinen Ausweis hoch. "Dürfen wir reinkommen?" "Ja, natürlich. Die McEarls sind im Wohnzimmer. Möchten sie etwas trinken?" "Nein, danke." "Ja, gern.", sagt Steve. Detective Dungeé wirft ihm einen bösen Blick zu. Steve merkt, dass er besser kein Getränk gewünscht hätte, schließlich ist das Kind der McEarls verschwunden. Mrs. und Mr. McEarl sitzen in einem geschmackvoll eingerichteten Wohnzimmer auf dem Sofa. Eine Seelsorgerin ist bei ihnen. In der Mitte des Raumes liegt ein wertvoller Teppich. Von der Decke baumelt ein großer Kronleuchter. Als Detective Dungeé und Steve Johnson den Raum betreten, schauen sie auf. Mrs. McEarl sieht völlig fertig aus.

Sie hat tiefe Augenringe, ein tränenüberströmtes Gesicht und sitzt geknickt auf dem Sofa. Neben ihr, ihr Mann. Mr. McEarl sieht nicht ganz so fertig aus wie seine Frau. Er trägt einen Anzug, den er wahrscheinlich auch in seiner Kanzlei trägt. Vielleicht möchte er damit gefasster wirken. Babett kommt rein und beginnt das Frühstücksgeschirr abzuräumen. Die Teller sind noch gut gefüllt. Kein Wunder, sicher haben die McEarls jetzt keinen Appetit. Die Seelsorgerin steht auf und geht zu einer bodentiefen Fensterfront, von wo aus man in einen großen, gepflegten Garten mit Pool blickt. Detective Dungeé setzt sich den McEarls gegenüber. Steve bleibt stehen. "Mrs. und Mr. McEarl, haben Sie Feinde?" "Nein, nicht das wir wüssten.", antwortet Mr. McEarl. "Klar, ich bin Anwalt. Es gibt immer mal wieder Mandanten, die mit meiner Arbeit nicht zufrieden sind." "Machen Sie uns bitte eine Liste. Und Sie Mrs. McEarl?" "Nein, ich habe nur ein paar Freundinnen, und mit denen verstehe ich mich gut." Detective Dungeé schaut Babett fragend an. "Nein, ich kenne hier niemanden. Meine Familie wohnt in Polen." "Ok, gab es eine Lösegeldforderung oder haben Sie Drohungen erhalten?" "Nein.", antwortet Mr. McEarl klar. "Wo ist mein kleiner Tommy?", schluchzt Mrs.

McEarl. Die Seelsorgerin kommt zurück zum Sofa und tätschelt Mrs. McEarls Arm. "Wollen wir etwas an die frische Luft gehen." Mrs. McEarl und die Seelsorgerin gehen auf die Terrasse. "Stimmt es, dass letzte Woche ein Mädchen im Greenwich Park entführt wurde?", fragt Mr. McEarl. "Ja, das stimmt. Wir wissen jedoch noch nicht, ob die Entführungen von Sophie Wilson und die Ihres Sohnes zusammenhängen. Aber wir geben alles, um ihren Sohn zu finden." "Bitte, finden sie ihn."

Ich habe das Mädchen aus dem Keller geholt und sie auf die Rücksitzbank meines Wagens gelegt. Ich bringe sie weit weg. Der Junge hat sich direkt über mein Geschenk gefreut, aber das Mädchen war ja zu nichts zu begeistern. Als ich in den Keller kam, hat sie mit dem Jungen das Kartenspiel gespielt. Es wurde Zeit, dass ich die beiden trenne. Sonst hätte sie ihn noch auf ihre Seite gezogen. Ich weiß noch nicht, wie ich es mache, aber ich habe das große Küchenmesser mitgenommen.

Kapitel 6

"Schatz, ich muss ins Büro." Mr. McEarl ist nach draußen zu seiner Frau gegangen. "Was, jetzt? Du kannst mich doch jetzt nicht allein lassen. Das ist nicht dein Ernst." "Aber ich muss die Liste mit den unzufriedenen Mandanten für die Polizei erstellen." "Hank, eins sag ich dir, wenn einer deiner dämlichen Mandanten Tommy entführt hat, lass ich mich scheiden." "Was heißt hier dämliche Mandanten? Ich finanziere mit ihnen dein Leben. Unser Leben. Das Haus, die Autos, die Urlaube, Babett und ja auch deine Schuhe." "Ohne Tommy ist es aber kein Leben." "Streiten bringt jetzt nichts.", versucht die Seelsorgerin einzugreifen. "Beruhigen Sie sich beide." Doch es bringt nichts. "Ja, ich weiß, dass es ohne Tommy kein Leben ist, deswegen muss ich jetzt los, um die Liste zu erstellen." "Vielleicht hättest du einen anderen Job machen sollen.", sagt Caroline. "Was soll das denn jetzt heißen?" "Du bist von morgens bis abends nicht zuhause. Dein Sohn sieht die Haushälterin öfter als dich. Ich habe wenig von dir. Wir verbringen selten Zeit miteinander. Wann waren wir zuletzt zusammen aus? Kannst du dich noch erinnern?"

"Ich weiß, ich habe viel zu tun. Ich bringe dir jede Woche Blumen mit, dafür fahre ich extra einen Umweg. Sobald Tommy wieder da ist, werde ich kürzertreten." "Es tut mir leid, Hank.", schluchzt Caroline. "Schon gut. Die Polizei wird ihn finden.", sagt Mr. McEarl. "Hoffentlich bald.", seufzt Caroline.

Kapitel 7

Detective Dungeé und Steve Johnson sitzen in Dungeé's altem Chevrolet vor dem Haus der McEarls. Die Familie ist völlig verzweifelt. Sie müssen Tommy schnellstmöglich finden. Doch wer hat ein Motiv, ihn zu entführen? Die Mutter, Caroline, nicht. Sie war dabei, als Tommy verschwand. Detective Dungeé wusste, dass sie die Alibis von Tommys Vater, Hank, und von der Haushälterin, Babett, überprüfen müssen. Es wäre nicht das erste Mal, dass ein Kind von einer ihm nahestehenden Person entführt wird. Was allerdings nicht die Entführung von Sophie erklären würde. Wobei, bis auf ungefähr dasselbe Alter und einen Park als Entführungsort, auch nichts auf einen Zusammenhang schließen lässt. Detective Dungeé startet den Motor. Während er losfährt, wendet er sich an Officer Johnson. "Warum haben Sie sich keine Notizen gemacht? Also, ich mache mir nie Notizen, aber von Ihnen hätte ich das erwartet." "Ich habe meinen Stift vergessen.", gibt Steve kleinlaut zu. 'Was soll er mit so einem Partner bloß anfangen?', denkt Detective Dungeé. Wenn es nach ihm gehen würde, bräuchte er keinen Partner. Doch sein

Vorgesetzter hatte darauf bestanden. "Gib ihm ein paar Wochen. Du wirst sehen, wie schön der Dienst mit einem Partner ist.", hatte sein Vorgesetzter gesagt. Und Detective Dungeé hatte sich darauf eingelassen. Und jetzt das. Gleich am ersten Tag ist sein neuer Partner total neben der Spur. Erst kommt er zu spät, dann vergisst er seine Arbeitsmaterialien, was kommt als Nächstes? Wenn er schon mit ihm arbeiten muss, will er ihn wenigstens besser kennenlernen. "Wo wohnen Sie? Haben Sie Familie?", fragt er Steve. "Ich wohne in einer kleinen Wohnung mitten in der Stadt. Meine Eltern wohnen außerhalb. Sie haben einen Hof mit einem kleinen Hofladen. Im Sommer gibt es dort die leckersten Erdbeeren. Und Sie?" Ja, und er? Seine Frau, Catherine, hatte sich vor zehn Jahren von ihm getrennt. Es hat einfach nicht mehr funktioniert zwischen ihnen. Ständig haben sie gestritten, bis es beinahe täglich Streit gab. Catherine hat einen neuen Mann, mit dem sie glücklich ist. Seit Dungeé und sie sich getrennt haben, verstehen sie sich wieder besser und sind befreundet. Sehr zur Freude ihrer Tochter. Amanda studiert Naturwissenschaften in Edinburgh. Dungeé sieht sie regelmäßig in den Semesterferien.

Eine neue Frau hat er nicht kennengelernt, wünscht sich aber jemanden, um nicht allein zu sein. Er hat es mit einem Hund ausprobiert, was aber nicht funktioniert hat. Er den ganzen Tag im Dienst und der Hund allein zuhause. Dungeé wollte ein besseres Hundeleben für ihn und hat ihn abgegeben. "Ich habe ein Haus am Stadtrand, ruhige Gegend. Meine Tochter studiert Naturwissenschaften in Schottland", sagt Dungeé daher nur. Dass seine Frau nicht bei ihm lebt, erwähnt er nicht. Steve muss nicht alles von ihm wissen.

Kapitel 8

Seit der Mann Sophie mitgenommen hat, ist Tommy allein in dem Keller. Er lässt das ferngesteuerte Auto immer wieder vor und zurück fahren. Die Kekse, die er bekommen hatte, sind aufgegessen. Tommy wird müde. Er kuschelt sich in eine Decke und schläft ein. Von einem Poltern wird er wach. Der Mann mit der Affenmaske ist zurück. Er hat zwei große Einkaufstaschen dabei. "Guck nur, was ich dir alles mitgebracht habe. Ich war extra im Tesco." Der Mann holt mehrere Flaschen Limonade aus einer der Tüten. "Möchtest du heute Abend Pommes oder Pizza?", fragt der Mann und hält eine Packung Pommes und eine Tiefkühlpizza hoch. "Wo ist Sophie?", fragt Tommy vorsichtig. Der Mann grunzt etwas. "Die ist jetzt nicht wichtig. Du bist jetzt wichtig.", sagt er dann. "Also Pommes oder Pizza?" "Pizza!" "Super, ich werde gleich den Ofen vorheizen, aber vorher muss ich dir noch das hier zeigen." Der Mann holt eine Packung Kekse mit Erdbeerfüllung aus der Tasche. "Die magst du doch so gerne." Tommy hatte die Kekse noch nie gegessen. Auch die Packung hatte er noch nie gesehen. "Guck dir alles in Ruhe an. In der anderen Tasche sind noch

Kuscheltiere. Ich gehe den Ofen vorheizen." Der
Mann mit der Affenmaske geht die Treppe hoch.
Doch es ist nicht wie sonst. Tommy merkt es
sofort. Der Mann hat vergessen, die Tür
abzuschließen. Vorsichtig schleicht Tommy zu der
Tür. Er späht in ein dunkles Treppenhaus. Aus
dem Erdgeschoss dringt Musik in den Keller.
Langsam geht Tommy die Treppe hoch. Stufe für
Stufe. Nach jeder Stufe bleibt er stehen und
lauscht. Doch bis auf die Musik ist nichts zu hören.
Tommy erreicht die oberste Stufe. Er schaut in
einen Flur mit einem alten grünen Teppich. Der
Teppich sieht abgenutzt aus. Tommy geht langsam
in den Flur, bedacht kein Geräusch von sich zu
geben. Rechts von dem Flur befindet sich ein
Wohnzimmer. Alles in dem Haus scheint alt zu
sein. Den Fernseher im Wohnzimmer kennt
Tommy von seiner Oma. Draußen, vor dem
Wohnzimmerfenster, sieht er einen verwilderten
Garten. Am anderen Ende des Flurs befindet sich
eine Tür, die wie eine Haustür aussieht. Tommy
geht so schnell und doch so leise wie möglich auf
die Tür zu. Als er sie erreicht und nach dem
Türgriff greift, muss er feststellen, dass sie
verschlossen ist. Tommy ruckelt daran. Doch die
Tür bleibt zu. Ein Auto fährt an dem Haus vorbei.
Tommy kann es sogar durch das Milchglasfenster

in der Haustür sehen. "Ah, du bist schon hier." Der Mann steht hinter ihm. Nur diesmal ohne Affenmaske. Zum ersten Mal kann Tommy sein Gesicht sehen. Eigentlich sieht er ganz nett aus. Er ist mittleren Alters und, anders als der Garten, gepflegt. "Komm, die Pizza müsste gleich fertig sein." Tommy folgt dem Mann in eine Küche. Auch die Küche sieht altmodisch aus. Einzig der Kühlschrank ist ein neueres Modell. Tommy und der Mann sitzen an einem Tisch und essen Pizza. Dazu trinken sie Limonade. Tommy schlingt die Pizza regelrecht runter, so hungrig ist er. "Schön, dass es dir schmeckt." Der Mann lächelt zufrieden.

Kapitel 9

Der Boden ist kalt und feucht. Erst vor Kurzem hatte es einen kräftigen Schauer gegeben. Nun scheinen erste Sonnenstrahlen durch die Wolkendecke, zwischen den Kiefern hindurch und erreichen den Waldboden. Auf dem Waldboden, gebettet auf Moos, liegt ein Mädchen. Es ist mit einer schmutzigen Decke zugedeckt. Es ist Sophie Wilson. Die Achtjährige rührt sich nicht. Wassertropfen fallen von den Bäumen auf sie herab. Als ein Wassertropfen ihre Nasenspitze trifft, beginnt sie sich leicht zu bewegen. Langsam erlangt sie ihr Bewusstsein zurück. Sophie fühlt sich gerädert. Alles tut ihr weh. Sie setzt sich langsam auf und schaut sich um. Sie befindet sich mitten in einem Wald. Sie zittert und wickelt die Decke enger um ihre Schultern. Sophie weiß nicht, wie sie hierhergekommen ist. Das Letzte, an das sie sich erinnern kann, ist, dass sie mit Tommy zusammen Karten gespielt hat. Noch einmal schaut sie sich um, doch sie kann Tommy nicht entdecken. Auch den Mann mit der Affenmaske sieht sie nicht. Vorsichtig steht sie auf. Sie möchte losgehen und einen Weg aus dem Wald finden, aber sie weiß nicht in welche Richtung sie gehen soll. Alles sieht gleich aus. Sophie hat Hunger und Durst. Sie läuft in die Richtung, in der der Wald nicht ganz so dicht aussieht. Der Waldboden ist zugewuchert und so gibt es keinen glatten Weg, auf dem Sophie gehen kann. Mehrmals stolpert sie. Sie streift durch Brennnessel, die ihre Knöchel blutig schrammen. An einem umgefallenen Baumstamm macht sie eine Pause. Sie setzt sich auf den Stamm, hält sich die Hände vor das Gesicht und beginnt zu weinen. Wie gerne wäre sie jetzt zu Hause? Wie gerne würde sie jetzt ihre Mutter, ihren Bruder und auch ihre kleine, manchmal nervige, Schwester in die Arme nehmen? Ein Geräusch lässt sie aufschrecken. Es klang wie der Ruf eines Uhus. Sophie wischt sich mit den Ärmeln ihres Sweatshirts die Tränen aus dem Gesicht und steht auf, um einen Weg aus dem Wald herauszufinden.

Ich konnte es nicht. Ich konnte es einfach nicht. Ich bin mit ihr in den Thetford Forest Park gefahren. Von einem ruhigen Parkplatz aus habe ich sie weit in den tiefen Wald hineingetragen. Doch als ich sie auf den Waldboden legte, wusste ich nicht, wie ich es machen sollte. Mit dem Küchenmesser in der Hand stand ich neben ihr. Sollte ich es einfach in sie hineinrammen? Aber sie ist ein Kind. Ich konnte es nicht tun. Ich konnte kein Kind umbringen. Ich habe sie mit der Decke zugedeckt und bin gegangen. Ich habe sie zurückgelassen, aber ich habe sie nicht umgebracht. Als ich den Parkplatz fast erreicht hatte, fing es an zu regnen. Ich wusste nicht, ob sie es überleben würde. Ob sie einen Weg aus dem Wald herausfinden würde. Sollte sie es schaffen, weiß sie nichts von mir. Sie hatte mich nie ohne Maske gesehen. Sie weiß nicht, wie mein Haus oder mein Auto aussieht. Jetzt kann ich mich ganz auf den Jungen konzentrieren. Der Junge ist perfekt. Er sieht Marc so ähnlich. Meinem Marc. Endlich habe ich ihn wieder.

Kapitel 10

Detective Dungeé und Steve Johnson sind wieder
in ihrem Büro. Detective Dungeé freut sich, dass er
einen kleinen Extraraum hat und sich so sein Büro
nicht mit Steve teilen muss. Doch jetzt sitzen beide
zusammen und beraten über den Fall. "Eine Frau
hat ausgesagt, dass sie Tommy und Caroline
McEarl auf dem Spielplatz gesehen hat und sich
kurz mit Caroline unterhalten hat. Sonst gibt es,
außer ein paar Spaziergängern, keine Zeugen.
Auch an der Eisbude hat niemand die beiden
gesehen, bis auf den Besitzer der Eisbude. Er kann
sich an eine hysterische Frau erinnern, die ihren
Sohn gesucht hat.", fasst Detective Dungeé
zusammen. Das sind nicht die einzigen Hinweise,
aber die einzigen glaubhaften. Nachdem Tommy
das zweite Kind ist, das innerhalb kürzester Zeit
verschwunden ist, haben sich die Medien auf den
Fall gestürzt. Seitdem stehen die Telefone nicht
mehr still. Es gibt nicht nur Hinweise. Viele
wollen einfach nur wissen, ob sie noch mit ihrem
Kind in den Park gehen können oder ob sie es
noch alleine zur Schule gehen lassen können.
Detective Dungeé kann die Sorge verstehen, hätte
es aber dennoch lieber,

wenn die Leitungen für wichtige Hinweise frei bleiben würden. "Das ist nicht so viel.", merkt Steve an. "Keiner hat den Zeitpunkt des Verschwindens gesehen." "Genauso ist es. Auch bei Sophie Wilson gibt es keine direkten Zeugen der Entführung. Auf der Wiese, auf der sie gepicknickt haben, hielten sich noch andere Familien auf. Sie können sich an Familie Wilson erinnern, einige haben nach Sophies Verschwinden mitgeholfen, sie zu suchen." "Da waren viele Kinder. Warum ausgerechnet Sophie?", fragt Steve. "Sophie war allein, als sie entführt wurde. Die anderen Kinder waren bei ihren Familien. Die Picknickdecke der Wilsons befand sich am Rand der Wiese. Hätte sie sich mitten zwischen den anderen Familien befunden, wäre Sophie vielleicht nicht entführt worden. Als Tommy entführt wurde, war es schon etwas später, es waren nicht mehr so viele Kinder im Park." "Der Täter passt den Zeitpunkt also ganz genau ab. Was ist mit den Alibis von Mr. McEarl und der Haushälterin Babett?" "Babett war zuhause, während Mrs. McEarl mit Tommy unterwegs war. Eine Nachbarin hat Babett gesehen, als sie den Müll rausgebracht hat. Mr. McEarl war in seiner Kanzlei. Seine Sekretärin war die ganze Zeit, bis auf eine halbe Stunde, in der sie im Keller nach Akten gesucht hat, bei ihm. Sollten die Kinder freiwillig mit dem Täter mitgegangen sein, wovon wir ausgehen müssen, da sie bestimmt versucht hätten, sich zu wehren und keiner etwas gesehen hat, müssen die Kinder den Täter gekannt haben. Aber ich sehe keine Zusammenhänge zwischen den Kindern. Keine selben Bekannten oder Freunde. Sophie geht zur Schule, Tommy nicht. Sie wohnen nicht in derselben Gegend. Es gibt keine gemeinsamen Hobbys oder andere Freizeitaktivitäten." "Was ist, wenn der Täter sie gar nicht kannte, sondern sie mit etwas gelockt hat, wie einem Hundewelpen oder Bonbons.", gibt Steve zu bedenken. Daran hat Detective Dungeé nicht gedacht, aber Steve hat recht. Die Kinder müssen den Täter nicht gekannt haben. Der Fall ist verzwickt. Sie haben nichts. Wo sollen sie anfangen zu ermitteln? Das erste Mal in seiner Laufbahn als Detective ist Dungeé ratlos.

Kapitel 11

Das war er also, sein erster Arbeitstag als Officer bei London Police. Steve betritt seine Wohnung. Es ist dunkel. Er hatte die Gardinen heute Morgen nicht aufgezogen und auch sein Bett hatte er noch nicht gemacht. Steve nimmt eine schnelle Dusche und geht dann in die Küche, um sich etwas zu essen zu machen. Er öffnet den Kühlschrank. "Einkaufen könnte ich auch mal wieder.", sagt Steve zu sich selbst. Er macht sich eine Dose Ravioli warm und setzt sich an den Küchentisch. Sein erster Arbeitstag und gleich eine Kindesentführung, denkt Steve. Natürlich hatte er aus den Nachrichten von der vermissten Sophie Wilson gewusst, aber er hätte nicht gedacht, dass er dafür zuständig ist. Wobei es inzwischen ja schon zwei vermisste Kinder sind. Die McEarls tun ihm leid. Wie die Mutter geweint hat, als Detective Dungeé und er bei ihnen waren. Steve versteht nicht, wie jemand so skrupellos sein kann. Der arme Tommy und die arme Sophie. Steve fragt sich, wie es ihnen wohl geht und ob sie überhaupt noch leben. Hoffentlich finden sie sie rechtzeitig. Er mag sich ein schlimmes Ende gar nicht ausmalen.

Steve denkt über seinen Partner, Detective Dungeé, nach. Der Detective scheint sehr introvertiert zu sein. Er spricht nicht viel über sich und ist in ihrer Zusammenarbeit eher der Eigenbrötler. Steve hatte den ganzen Tag das Gefühl zu stören. Doch er sieht es als Herausforderung an. Dungeé ist ein guter Detective, der gute Arbeit verrichtet. Steve weiß aus Erzählungen, dass Dungeé schon viele Fälle gelöst hat. Er hat den Gedanken gerade zu Ende gedacht, da klingelt das Telefon. "Johnson!" "Hallo Steve, ich bin es." "Hey, Mum." Seine Mutter ruft ihn nahezu jeden Tag an. "Wie war dein erster Tag?" "Ganz okay." Steve hatte es sich abgewöhnt, seiner Mutter alle Details von seiner Arbeit bei der Polizei zu erzählen. Sie würde sich sonst nur unnötige Sorgen machen. "Wie läuft es auf dem Hof?" "Ach, du weißt ja, viel Arbeit. Unsere Helferin hat gekündigt. Sie möchte die Welt bereisen." "Das tut mir leid." Steve wusste, dass seine Eltern auf die Mithilfe angewiesen sind, weil sie es sonst kaum schaffen. Es wird Zeit, dass er sie mal wieder besucht. Es ist schon etwas her, seit er zuletzt dort war. Vielleicht fährt er nach dem aktuellen Fall mal zu ihnen. Er verabschiedet sich von seiner Mutter und nimmt sich ein kühles Bier aus dem Kühlschrank. Damit setzt er sich ins

Wohnzimmer und schaltet den Fernseher ein. Die Nachrichten sind voll von den entführten Kindern. Steve schaltet den Fernseher wieder aus und beschließt, ins Bett zu gehen.

Kapitel 12

Die Sonne geht langsam unter. Es wird noch kälter, als es sowieso schon war. Sophie irrt inzwischen schon mehrere Stunden durch den Wald. Doch sie will nicht aufgeben. Die Decke ist nicht besonders dick und wärmt sie inzwischen kaum noch. Da entdeckt sie einen kleinen Wasserlauf. Sofort stürzt Sophie zu dem Wasser. Gierig trinkt sie. Das Wasser ist dreckig, aber das ist Sophie egal. Sie hat großen Durst. Nach einigen Minuten lehnt sie sich zurück. Das tat gut. Doch auch ihr Hunger wird immer größer. Sophie lehnt sich an einen Baumstamm und schließt die Augen. Sie stellt sich eine große Portion Spaghetti vor, ihr Lieblingsessen. Doch davon wird ihr Hunger nur noch größer. Sie denkt an ihre Mutter und ihre Geschwister. Immer wenn sie in den letzten Stunden an sie gedacht hat, hatte sie noch die Kraft, ein paar Meter weiterzugehen. Doch inzwischen ist es nahezu dunkel im Wald. Sophie kann nicht mal mehr den nächsten Baum erkennen. Sie zieht die Decke bis zum Kinn und schläft wenig später ein. Als die Sonne aufgeht, wacht sie auf. Sie hat schlecht geschlafen. Ständig ist sie aufgewacht, weil sie Geräusche gehört hat.

Das Holz hat geknackt und nachtaktive Tiere waren unterwegs. Sie kann ihre Füße nicht mehr spüren, so kalt ist ihr. Außerdem ist ihr schwindlig, weil sie seit Langem nichts mehr gegessen hat. Ich muss weitergehen, denkt Sophie. Wenn sie jetzt nicht weitergeht, schafft sie es nicht mehr. Sophie will gerade aufstehen, um weiterzugehen, da raschelt es. Erst denkt sie, dass es nur der Wind ist, doch das Rascheln wird lauter. Im nächsten Moment guckt ein großer, brauner Hund Sophie neugierig an. Vorsichtig streckt sie ihre Hand nach ihm aus. Er kommt sofort zu ihr und lässt sich streicheln. "Billy, wo bist du? Komm her!", ruft eine Männerstimme durch den Wald. Der Hund beginnt zu winseln und bellt dann. Kurze Zeit später steht ein Mann vor Sophie. "Na, wer bist du denn?", fragt er. "Sophie." "Sophie Wilson?" Sophie nickt. "Ich bin Thomas. Komm mal her." Thomas hebt Sophie hoch und trägt sie durch den Wald zu seinem Auto. Das Auto, ein moderner Range Rover, ist ziemlich dreckig. Er setzt sie auf die Rückbank. Dann kramt er im Handschuhfach nach etwas. "Hier, er ist schon etwas aufgeweicht, aber besser als nichts.", sagt er und gibt ihr einen Schokoriegel. Während Thomas nach einem Handysignal sucht, isst Sophie den Schokoriegel.

Endlich was zu essen, denkt sie. Billy, ein brauner Labrador, springt neben sie auf den Sitz und legt seinen Kopf auf ihren Schoß. Sophie streichelt ihn und lehnt sich zurück. Sie freut sich schon, wenn sie nach Hause kommt.

Kapitel 13

Detective Dungeé hat die Wache an diesem Morgen früh erreicht. Seit er allein lebt, ist er Frühaufsteher. Seine Exfrau Catherine schläft gerne lange. Er hatte sie meistens geweckt, als er aufgestanden war, sodass es morgens schon zu Streit kam. Gerade als er die Wache wieder verlässt, kommt ihm Steve Johnson entgegen. "Sie können direkt wieder umdrehen. Wir müssen los. Sophie Wilson wurde gefunden.", sagt Detective Dungeé zu Steve. "Das sind ja gute Neuigkeiten." Sie steigen in Detective Dungeés Auto und fahren zum Krankenhaus. Sophie war halb erfroren und sehr hungrig, als sie gefunden wurde. Im Krankenhaus wird sie jetzt wieder aufgepäppelt. "Wie wurde sie gefunden?", fragt Steve. "Thomas Burton, ein Förster im Thetford Forest Park, hat sie bei einem seiner Rundgänge gefunden." Auf dem Weg zu Sophies Zimmer kommen die beiden an einer Spielecke vorbei. Ein Junge, vielleicht dreizehn oder vierzehn Jahre alt, spielt mit einem kleinen Mädchen. Das müssen die Geschwister von Sophie sein. Als sie das Zimmer erreicht haben, klopft Detective Dungeé an die Zimmertür.

"Herein!", sagt eine Frauenstimme. Detective Dungeé öffnet die Tür. An einer Wand steht ein Bett, in dem Sophie sitzt. Sie hat Buntstifte und malt. Um sie herum steht jede Menge Essen, das Sophie offensichtlich durcheinandergegessen hat. Neben dem Bett, auf einem Stuhl, sitzt ihre Mutter. Sie hat verweinte Augen und schaut Detective Dungeé und Steve hilfesuchend an. "Ich bin Detective Dungeé von London Police. Das ist mein Kollege Officer Johnson. Dürfen wir Sophie ein paar Fragen stellen?" "Ja, natürlich." Mrs. Wilson macht Anstalten, von ihrem Stuhl aufzustehen. "Sie können dabeibleiben." Dankbar lächelt Mrs. Wilson. "Sophie, hier sind zwei Männer von der Polizei. Sie haben ein paar Fragen an dich.", sagt Mrs. Wilson zu ihrer Tochter. Sophie schaut auf. "Hallo Sophie, ich bin Detective Dungeé, aber nenn mich ruhig Robert, und das ist Steve. Sophie, kannst du dich erinnern, wie du in den Wald gekommen bist?" "Nein, ich bin da aufgewacht. Es war so kalt. Und ich hatte solchen Hunger." Sophie greift nach einem Sandwich. "Ok, weißt du, wo du vorher warst?" "In einem Keller. Da war es auch kalt. Erst war ich allein da, aber irgendwann kam ein Junge dazu. Er hieß Tommy. Der Mann mit der Affenmaske mochte ihn lieber als mich.

Er hat ihm Kekse gegeben und ein ferngesteuertes Auto geschenkt." Jetzt konnte Dungeé sich sicher sein, dass die beiden Fälle zusammenhängen. Doch es gab ein gutes Zeichen. Wenn der Täter Tommy mag und ihm Spielzeug schenkt, ist seine Überlebenschance höher. "Sophie, was war das für ein Mann mit einer Affenmaske?" "Er kam immer in den Keller und hat ein bisschen Essen und Trinken gebracht. Einmal wollte er mit mir Karten spielen, aber als ich nicht wollte, war er böse. Er hatte eine Affenmaske auf, ich konnte sein Gesicht nicht sehen. Er hat sie nie abgenommen." "Danke, Sophie, das hast du wirklich toll gemacht." Sophie beißt noch einmal von ihrem Sandwich ab und widmet sich dann wieder ihrem Bild. Detective Dungeé und Steve wollen gerade gehen, da kommt Mrs Wilson auf die beiden zu. "Können Sie mir den Namen von dem Mann sagen, der meine Tochter gefunden hat. Ich möchte mich gerne bedanken." "Thomas Burton. Er ist Förster im Thetford Forest Park." "Vielen Dank." Detective Dungeé hat endlich neue Ansätze. Der Täter wollte nicht gesehen werden. Er lebt in einem Haus mit Keller und muss mobil sein, sonst hätte er Sophie nicht so weit wegbringen können. "Gut, dass Sie diesmal mitgeschrieben haben.", lobt Dungeé Steve.

"Danke, ich denke die Infos sind wirklich wichtig." Ja, das denkt Detective Dungeé auch.

Es war in den Nachrichten. Sie haben es auf allen Kanälen gebracht. Die Kleine hat es geschafft. Ich weiß nicht, warum ich es getan habe, aber als Billy sie gefunden hat und sie mich gesehen hat, musste ich sie retten. Sonst hätte ich sie töten müssen. Ich weiß nicht, ob ich mich freuen soll oder nicht. Ich konnte sie nicht umbringen. Die Natur hätte es für mich erledigt. Irgendwann wäre sie verdurstet und verhungert. Doch sie ist ein Kind. Und jetzt musste immerhin kein Kind sterben. Dieser Gedanke erfreut mich. Auch wenn ich jetzt damit rechnen muss, dass sie etwas über mich ausplaudert. Kinder dürfen nicht sterben. Marc musste sterben. Vollkommen zu Unrecht. Ich habe überlegt, dem Jungen die Haare zu färben, damit er Marc noch ähnlicher sieht, aber ich will bei meiner zweiten Chance ein guter Vater sein und Haare färben ist nicht besonders gut. Schon gar nicht für ein Kind.

Kapitel 14

Caroline tigert aufgeregt durch das Wohnzimmer.
Gerade hat sie im Fernsehen einen Bericht über
Sophie Wilson gesehen. Das erste Kind, dass
verschwand. Sie kann es nicht ertragen, dass
Sophie wieder da ist und es keine Spur von
Tommy gibt. Ihr kleiner Tommy. Am liebsten
würde sie in den Thetford Forest Park fahren und
nach Tommy suchen. Es ist doch gar nicht so
abwegig, dass Tommy auch dort ist. Caroline ist
fest entschlossen, in den Park zu fahren. "Mrs.
McEarl, möchten Sie noch einen Tee?" Caroline
hat gar nicht bemerkt, dass Babett das Zimmer
betreten hat. "Ich will doch jetzt keinen Tee.
Tommy ist verschwunden und Sie fragen, ob ich
einen Tee möchte?" "Es tut mir leid, Mrs.
McEarl." Babett verlässt das Zimmer. Caroline
bleibt allein zurück. Sie wollte Babett nicht so
anfahren. Doch seit Tommy verschwunden ist, ist
sie schnell gereizt. Babett macht ihre Arbeit gut.
Zudem ist sie stets freundlich und albert gerne mit
Tommy herum. Eine bessere Haushälterin hätten
sie nicht finden können. Caroline weiß das und
beschließt, sich später bei Babett zu entschuldigen.

Sie geht zum Büro ihres Mannes. Seit dem Verschwinden ihres Sohnes arbeitet Hank von zuhause aus. Dass er in so einer Situation überhaupt arbeiten kann, versteht Caroline nicht. Sie klopft an und betritt sein geräumiges Büro mit Zugang zum Garten. "Hey, Schatz, alles gut? Gibt es was Neues?" "Sophie Wilson wurde gefunden. Im Thetford Forest Park. Lass uns dahinfahren und nach Tommy suchen." "Schatz, das geht nicht, der Park ist viel zu groß. Die Polizei wird sich schon darum kümmern." "Ich verlass mich auf gar nichts. Ich ruf jetzt den Detective an." Wie kann Hank nur so teilnahmslos sein? Es geht hier um Tommy. Caroline wählt die Nummer, die auf der Visitenkarte steht, die sie von Detective Dungeé bekommen hat. "Dungeé." "Detective Dungeé, hier ist Caroline McEarl. Ich habe in den Nachrichten gesehen, dass Sophie Wilson gefunden wurde. Was ist mit Tommy?" "Mrs. McEarl, Tommy war nicht bei Sophie. Aber sie konnte sich an ihn erinnern. Er war einige Zeit lang mit ihr zusammen in einem Keller." "Und wann wollten Sie mir das erzählen, wenn ich Sie nicht angerufen hätte?" Caroline ist wütend. Warum hält der Detective Informationen über Tommy ihr gegenüber zurück? "Mrs. McEarl. Ich wollte Ihnen nicht zu früh Hoffnung machen.

Wir wissen, dass der Täter Tommy mehr mochte als Sophie. Das erhöht Tommys Überlebenschance. Doch ich bitte Sie, sich jetzt nicht zu viel Hoffnung zu machen." "Was ist mit dem Park? Der Thetford Forest Park. Gibt es irgendwelche Hinweise oder Spuren, dass Tommy auch da ist oder war?" "Nein, bisher nicht." "Wollen Sie da nicht mal suchen? Sonst fahr ich dahin." "Mrs. McEarl, bitte bleiben Sie zuhause. Sie müssen erreichbar sein, wenn es Neuigkeiten gibt. Wir werden den Park durchkämmen." "Vielen Dank, Detective Dungeé." Als Caroline aufgelegt hat, fühlt sie sich direkt besser. Sie ist voller Enthusiasmus, dass Tommy bald gefunden wird. "Babett, backen Sie einen Schokoladenkuchen. Oder besser gleich zwei. Alles muss perfekt sein, wenn Tommy nach Hause kommt."

Kapitel 15

Immer wenn der Mann, den Tommy jetzt auch ohne Affenmaske kennt, zuhause ist, darf er sich im Haus aufhalten. Ist der Mann nicht zuhause, muss er in den Keller, darf aber Spielzeug und Verpflegung mitnehmen. Nachts schläft er in einem Zimmer im Haus, das der Mann allerdings abschließt. Das Zimmer, in dem Tommy schläft, hat eine Tapete mit kleinen Bären drauf. In dem Zimmer gibt es ein Hochbett, einen Kleiderschrank und diverse Sammelfiguren. Aus dem Fenster kann Tommy in den Garten gucken. Zudem sieht er andere Häuser, in denen abends Licht brennt. Doch die Häuser sind zu weit weg, als dass Tommy auf sich aufmerksam machen könnte. Auch das Fenster ist verschlossen. Doch der Mann hat einen Hund, den Tommy mit in sein Bett nehmen darf. Billy heißt er. Ein brauner Labrador. Tommy kann mit ihm spielen, ihn streicheln oder einfach nur mit ihm kuscheln. Tommy mag Billy und ist traurig, wenn der Mann ihn mitnimmt. Zuhause darf er keinen Hund haben, weil der alles dreckig machen würde. Trotzdem möchte Tommy gerne wieder nach Hause. Zuhause kann er in dem großen Garten spielen und

Babett würde seinen Lieblingskuchen, Schokoladenkuchen, für ihn backen. Tommy und der Mann essen gerade zu Mittag, als es an der Tür klingelt. "In den Keller!", sagt der Mann zu Tommy. Tommy springt auf und läuft zur Kellertür. Er steigt ein paar Stufen hinunter und wartet, dass der Mann die Tür abschließt. Der Mann schließt nicht mehr die Tür zwischen Keller und Kellertreppe ab, sondern nur noch die Tür, die den Keller mit dem Rest des Hauses verbindet. So kann Tommy das Gespräch an der Tür mithören. "Hallo, ich bin Mrs. Wilson. Ich wollte mich bei Ihnen bedanken, dass Sie meine Tochter Sophie gerettet haben." "Ach, das habe ich doch gerne gemacht. Das ist doch selbstverständlich." Tommy kann nicht glauben, was er da hört. Der Mann tut so, als hätte er Sophie gerettet, dabei hat er sie entführt. Tommy möchte sich bemerkbar machen. Möchte Mrs. Wilson alles erzählen. Doch die Tür ist schon wieder zu. Mrs. Wilson ist weg. Der Mann schließt die Kellertür wieder auf. Tommy isst sein Mittagessen auf und spielt dann mit Billy.

Jetzt kommt die Mutter von der Kleinen auch noch hier her und bedankt sich, dass ich ihre Tochter gerettet habe. Was blieb mir auch anderes übrig? Die Kleine hatte mich gesehen im Park. Hätte ich sie nicht gerettet und sie hätte es trotzdem raus geschafft, hätte ich mich erklären müssen, warum ich sie nicht gerettet habe. Meine Adresse muss sie von der Polizei haben. Blumen und Pralinen hat sie mir mitgebracht. Wenn die wüsste, wie es wirklich war. Zum Glück hat der Junge nicht gerade laut gespielt. Das hätte gerade noch gefehlt, dass jemand weiß, dass hier ein Kind ist.

Kapitel 16

Der Wind pfeift Detective Dungeé um die Ohren, als er über den Parkplatz des Thetford Forest Parks geht. Er zieht seine Mütze tiefer in sein Gesicht. Der Parkplatz ist gefüllt mit den Autos der Hundertschaft und den Hundeführern. Sie durchforsten mit Suchhunden den ganzen Park, auf der Suche nach Spuren oder Hinweisen zu Tommy McEarl. Am besten wäre es natürlich, wenn sie Tommy finden würden. Aber damit rechnet Dungeé nicht wirklich. Der Täter mag Tommy, warum also sollte er ihn auch aussetzen. "Detective Dungeé, wir sind durch. Keine Spur von Tommy." Es ist bereits später Nachmittag, als Officer Johnson Detective Dungeé das Ergebnis der Suche mitteilt. Der Wind hat noch an Stärke zugelegt und es hat angefangen zu regnen. "Gut, packen Sie zusammen. Das hier bringt uns nicht weiter." Während die Hundertschaft sich auf den Rückweg macht, geht Dungeé zu einem kleinen Café im Park. Er setzt sich an einen runden Tisch in einer Ecke des Cafés, bestellt sich einen Kaffee und ein Stück Pflaumenkuchen mit Sahne und denkt nach. Der Täter mag Tommy.

Sophie mochte er nicht besonders. Liegt es am Geschlecht? Oder einfach nur an der Art der Kinder? Ist es, weil Tommy offener ist und Sophie eher verschlossener? Oder braucht der Täter einen Ersatz für jemanden? Ist er noch auf der Suche nach dem perfekten Kind? Fragen über Fragen, die Detective Dungeé durch den Kopf gehen. Er schiebt sich das letzte Stück Pflaumenkuchen in den Mund und wischt sich mit einer Serviette die Sahne von seinem Pullover. Wenn es lecker ist, muss auch gekleckert werden, das ist sein Motto. Detective Dungeé greift nach seinem Handy. Es könnte sein, dass der Täter keine eigenen Kinder bekommen kann. Deswegen nimmt er sich ein fremdes Kind. Dungeé hält diese Möglichkeit für gar nicht mal so unwahrscheinlich. "Officer Johnson, wo sind Sie?" "Ich bin auf der M11." "Wenn Sie zurück im Büro sind, besorgen Sie sich die Unterlagen von den Adoptionsanträgen der letzten Monate. Suchen Sie all diejenigen heraus die, aus welchen Gründen auch immer, abgelehnt wurden. Suchen Sie nach alleinstehenden Männern, aber auch nach Ehepaaren. Wir können nicht ausschließen, dass der Täter eine Frau hat und die beiden ein Kind adoptieren wollten." "Ich werde direkt damit anfangen, wenn ich wieder im Büro bin."

Detective Dungeé verlässt das Café. Er steigt in seinen Chevrolet und macht sich auf den Weg nach Hause. Dungeé biegt gerade in seine Einfahrt ein, als sein Handy klingelt. "Dungeé." "Detective Dungeé, ich bin es, Officer Johnson. Ich habe alle Akten durchgesehen. Mehrere Ehepaare wurden in den letzten Monaten abgelehnt. Alleinstehende Männer sind nicht dabei. Ein Ehepaar ist mir dabei besonders aufgefallen. Leslie und John Cummings. Ihr Antrag wurde abgelehnt, weil Leslie Cummings drogensüchtig ist, und erst vor wenigen Monaten aus dem Gefängnis entlassen wurde. Sie hat einen Kassierer zusammengeschlagen, weil dieser ihr angeblich zu wenig Wechselgeld wieder gegeben hat. Als die beiden von der Ablehnung ihres Antrags erfahren haben, hat John Cummings in dem Büro der Sachbearbeiterin randaliert und geschrien: 'Wir bekommen unser Kind schon noch.' " "Gute Arbeit, Officer Johnson. Wir werden Mrs. und Mr. Cummings gleich morgen früh einen Besuch abstatten." "Gut, bis morgen."

Kapitel 17

Detective Dungeé parkt auf einem Parkstreifen vor
einem heruntergekommenen Hochhaus, das sich
nicht gerade im besten Viertel von London
befindet. Hier wohnen Mrs. und Mr. Cummings.
Dungeé und Steve nehmen den Aufzug und fahren
in die achte Etage. Auf dem langen Flur stinkt es
nach Alkohol und Erbrochenem. Aus einer
Wohnung klingt Kindergeschrei. Detective
Dungeé und Steve gehen bis an das Ende des
Flurs. Steve klingelt. "Ja, wer stört?" Eine Frau mit
tiefen Augenringen und zerzausten Haaren öffnet
die Tür. "Ich bin Detective Dungeé von London
Police und das ist mein Kollege Officer Johnson.
Mrs. Cummings, dürfen wir reinkommen?" "Wenn
es unbedingt sein muss." Die Wohnung ist
abgedunkelt. In der Wohnung stinkt es noch
schlimmer als auf dem Flur. Dungeé stößt mit dem
Fuß gegen leere Dosen von Katzenfutter. Mr.
Cummings sitzt in Unterhemd und Boxershorts in
einem abgenutzten Sessel im Wohnzimmer. Ein
Großteil des Tisches ist mit leeren Bierflaschen
bedeckt. In der Mitte des Tisches steht ein großer
Aschenbecher, der so voll mit Zigarettenkippen ist,

dass einige bereits daneben liegen. In einer Ecke des Tisches liegt eine Tüte mit Tabletten, daneben ein weißes Pulver. Den Cummings scheint es völlig egal zu sein, dass die Polizei in ihrer Wohnung ist und ihre Drogen offen auf dem Tisch liegen. Mrs. Cummings greift nach der Tüte. "Jetzt nicht, Mrs. Cummings. Wir haben ein paar Fragen.", hindert Steve sie daran, etwas einzuwerfen. Eine Katze schleicht um Dungeés Beine. Sie springt auf ein völlig verdrecktes Aquarium. Es muss lange her sein, dass dort Fische drin waren. "Mrs. und Mr. Cummings, es geht um den Adoptionsantrag, den Sie gestellt haben." "Geben die uns jetzt doch ein Kind?", fragt Mrs. Cummings. "Nein.", antwortet Dungeé. Er kann sich nicht vorstellen, dass in dieser Wohnung ein Kind leben könnte. Die Katze hat sich neben den Sessel von Mr. Cummings gesetzt. Als sie das Zimmer wieder verlässt, ist der Teppichboden an dieser Stelle feucht. "Ein Kind wurde entführt, und Sie gehören zu den Verdächtigen." Mr. Cummings lacht abfällig. "Na, dann schauen Sie sich doch um. Hier ist kein Kind." Detective Dungeé gibt Steve ein Zeichen, dass er nachsehen soll. Steve verzieht das Gesicht, schaut sich dann aber um. Als er wieder kommt, schüttelt er den Kopf. "Sehen Sie, habe ich doch gesagt.", sagt Mr. Cummings. "Die vom Amt wollten uns ja kein Kind geben." "Mr. Cummings, als ihr Antrag abgelehnt wurde, haben Sie gesagt, Sie werden ihr Kind schon noch bekommen. Was meinten Sie damit?" "Na, dass wir noch einen Antrag stellen und wenn es sein muss, noch einen. Wir geben nicht auf. Nicht wahr Mausi?" "Ja, genau. Wir entführen doch kein Kind.", bekräftigt Mrs. Cummings. Detective Dungeé fragt die beiden nach ihrem Alibi. "Ich war hier. Wo soll ich sonst gewesen sein. Ich habe das Geschirr gespült. Danach habe ich meine Lieblingssendung geguckt.", sagt Mrs. Cummings. "Und Sie, Mr. Cummings?" "Ich war mit einem Bekannten unterwegs. Wir sind um die Häuser gezogen." "Am Nachmittag schon?" "Man kann nie früh genug anfangen.", mit diesen Worten nimmt Mr. Cummings eine Bierflasche vom Tisch und prostet ihnen zu. "Haben Sie einen Keller?", fragt Steve. "Ja, wir haben ein Abteil, so wie jeder hier.", sagt Mrs. Cummings. "Können wir den Schlüssel haben. Wir müssten mal kurz dort nachsehen." "Schlüssel brauchen Sie nicht. Die Tür ist kaputt." "Gut, vielen Dank für Ihre Hilfe." Auf dem Weg zur Tür wirft Dungeé einen Blick in die Küche. Dreckiges Geschirr stapelt sich überall. Dungeé kann sich nicht vorstellen, dass Mrs. Cummings jemals Geschirr spült. "Sie rufen die Kollegen aus der Drogenabteilung an. Die müssen sich das hier dringend mal ansehen. Und ich gehe in den Keller.", sagt Dungeé zu Steve. Die Tür zu dem Kellerraum von den Cummings ist nicht kaputt, sie existiert gar nicht. So wie die meisten Türen hier unten. Der Raum ist vollgestopft mit Möbeln und Kisten. Ein Kind kann man darin nicht mehr verstecken. Als Dungeé das Haus verlässt, sieht er wie Steve durch ein paar Pfützen vor dem Haus läuft. Steve bemerkt Dungeé. "Ich glaube, ich bin in Katzenpipi getreten." "Machen Sie das ab, bevor Sie in mein Auto steigen. Ich denke, wir können die Cummings als Täter ausschließen. Die wären gar nicht in der Lage gleich zwei Kinder zu entführen. Sophie hat von einem Keller gesprochen. Dieser Keller hier war es nicht." "Ich denke auch nicht, dass sie es waren.", sagt Steve. "Dann müssen wir wohl weitersuchen. Kommen Sie jetzt. Sie sind genug durch die Pfützen gesprungen."

Kapitel 18

Steve Johnson und Detective Dungeé sind auf dem Weg zurück in ihr Büro. "Wir haben nichts. Wir haben nicht einen einzigen Anhaltspunkt. Was soll ich Mrs. McEarl sagen, wenn sie mich das nächste Mal anruft?" Dungeé ist ratlos. "Ich weiß es nicht.", sagt Steve. "Aber was ist eigentlich mit Hank McEarl. Er war zwar in seiner Kanzlei, aber für die halbe Stunde, in der seine Sekretärin im Keller war, hat er kein Alibi." "Er hätte es zeitlich nicht geschafft. Von der Kanzlei in den Park und wieder zurück und zwischendurch noch ein Kind entführen und verstecken. Dafür ist eine halbe Stunde zu wenig.", widerspricht Dungeé. Er weiß, dass sie Hank McEarl ausschließen müssen. Außer dass er es zeitlich nicht geschafft hätte, kommt noch hinzu, dass es keine Verbindung zwischen ihm und Sophie Wilson gibt. Warum also hätte er sie entführen sollen? Auch die Cummings müssen sie als Täter ausschließen. Mrs. und Mr. Cummings möchten zwar unbedingt ein Kind, aber sie sind viel zu unorganisiert, um gleich zwei Kinder zu entführen. Als Steve und Dungeé die Wache betreten, kommt ein Kollege auf die beiden zu.

"Ich habe schon auf Sie gewartet.", sagt er. "Eine Dame war vorhin hier. Sie hat eine Beobachtung im Hyde Park gemacht. An dem Tag, als Tommy verschwunden ist, war sie mit ihrem Kind auf dem Spielplatz. Sie kann sich an einen Mann erinnern, der in einer Ecke des Spielplatzes stand und die Kinder beobachtete. Er kam ihr merkwürdig vor, weil augenscheinlich kein Kind zu ihm gehörte." "Vielen Dank für die Info. Haben Sie ein Phantombild erstellen lassen?", fragt Detective Dungeé. "Nein. Die Dame hat den Mann nur von schräg hinten gesehen und konnte ihn daher nicht beschreiben. Lediglich, dass er eine dunkle Jeans und einen dunkelblauen Parka trug, wusste sie." Na toll, das hilft ihnen so gut wie gar nicht. "Ich fahre nach Hause. Wenn ich in einem Fall nicht weiterkomme, fahre ich immer nach Hause und sehe mir alle Unterlagen noch einmal genau an.", sagt Dungeé zu Steve. Zuhause angekommen, legt Dungeé Holz in den Kamin und zündet es an. Er schenkt sich ein Glas Wein ein und setzt sich, mitsamt seinen Unterlagen, an den großen Esstisch im Wohnzimmer. In der Hoffnung, dass er nur etwas übersehen hat, das ihm jetzt auffallen würde. Denn sie waren wieder am Anfang. Sie haben nichts. Bis auf die Aussage von Sophie und von einer Frau, die einen Mann im Park gesehen hat. Bis zum späten Nachmittag sitzt Dungeé über den Unterlagen. Doch er findet nichts. Kein Hinweis, den er übersehen hat. Keine neue Spur. Er beschließt für heute aufzuhören und noch etwas spazieren zu gehen. Vielleicht fällt ihm dabei etwas ein.

Kapitel 19

Tommy ist wieder im Keller. Der Mann ist am frühen Morgen losgefahren. Seitdem ist Tommy allein. Er spielt mit seinem ferngesteuerten Auto und mit LEGO. Die LEGO-Bausteine waren in dem Zimmer, in dem Tommy nachts schläft. Als er sie in einer Kiste im Schrank gefunden hat, war der Mann erst böse gewesen, dass Tommy in den Sachen im Schrank herumgewühlt hat. Doch er hat sich schnell wieder beruhigt und Tommy erlaubt, damit zu spielen. Tommy beginnt sich im Keller zu langweilen. Er geht die Treppe hoch und rüttelt an der Tür zum Flur. Die Tür springt auf. Damit hat Tommy nicht gerechnet. Er hat nur gehofft, dass der Mann vielleicht vergessen hat, die Tür abzuschließen. Aber dass sie wirklich aufgeht, überrascht Tommy. Schnell steigt er die letzte Stufe hoch in den Flur. Sofort läuft er zur Haustür. Doch sie ist wieder verschlossen. Tommy schaut sich hektisch um. Er läuft zur Terrassentür. Der Griff lässt sich nur schwer bewegen. Tommy zieht so lange daran, bis sie aufgeht. Schnell läuft er in den Garten. Und jetzt? Einmal um den Garten herum zieht sich eine hohe Hecke. Tommy läuft am Haus entlang. Er hat das Haus fast umrundet, da hört er, wie sich das Garagentor öffnet. Der Mann kommt zurück. Tommy hört, wie der Mann in die Garage fährt und den Motor abstellt. Dann klappt eine Autotür. Das Garagentor wird geschlossen. Tommy kauert neben der Garage an der Wand. Vorsichtig schaut er um die Ecke. Er sieht, wie der Mann die Stufen der Veranda hochsteigt und den Schlüssel in das Schloss steckt. Tommy beschließt zu warten, bis der Mann im Haus ist. Dann will er schnell losrennen, denn es dürfte nicht allzu lange dauern, bis der Mann merkt, dass Tommy weg ist. Der Mann stößt die Haustür auf. Er ist schon fast drinnen, da hebt Billy schnuppernd den Kopf. Er dreht sich um, läuft die Treppe runter und genau in Tommys Richtung. Tommy versucht noch ihn zu verscheuchen, doch da ist es bereits zu spät. Der Mann dreht sich um und geht bis zur Treppe der Veranda. "Billy, komm her.", ruft er. Doch Billy gehorcht nicht. "Billy, was hast du da gefunden?", fragt der Mann, während er die Treppe runtergeht. Das ist die letzte Chance für Tommy. Er springt auf und rennt los. Billy guckt ihm verwundert nach. Dann denkt er an ein Spiel und rennt Tommy hinterher. Noch bevor Tommy das Ende der Einfahrt erreicht hat, packt der Mann ihn am Arm und schiebt ihn zurück ins Haus. Tommy weint. Der Mann wird bestimmt sehr sauer sein. Doch zu Tommys Erstaunen ist er es nicht. Er versteht Tommy sogar. "Ist nicht so schön, wenn man den ganzen Tag drinnen verbringt, was? Vielleicht kannst du bald mal mitkommen in den Wald. Aber jetzt bleiben wir erstmal hier. Guck mal, was ich dir alles mitgebracht habe.", sagt der Mann. "Knete, ein Teddybär, Spielautos und Buntstifte. Ich habe auch ein paar Klamotten gekauft. Probier sie gleich an. Und noch ein paar Packungen von deinen Lieblingskeksen." Der Mann holt alles aus einer großen Einkaufstasche. Tommy kann sich wieder nicht daran erinnern, jemals Kekse mit Erdbeerfüllung gegessen zu haben, und die dann auch noch sehr gemocht zu haben. Doch dem Mann zuliebe isst er die Kekse. Er probiert auch die Klamotten an. Leider sind sie ihm ein bisschen zu groß. "Das kann man umkrempeln. Da wächst du noch rein.", sagt der Mann. "Wollen wir eine DVD gucken?" "Ok."

Kapitel 20

Detective Dungeé hatte keinen Einfall mehr. Nach seinem Spaziergang ist er direkt in sein Bett gegangen. Auch jetzt, am nächsten Morgen, hat er keine neue Idee, wie die weiteren Ermittlungsschritte aussehen könnten. Betrübt fährt er zum Büro. Dungeé geht gerade die Treppe hoch, als Officer Johnson ihm gut gelaunt entgegenkommt. "Na, dafür, dass wir nichts haben, sind sie aber ganz schön gut drauf." "Genau, weil wir nämlich was haben.", verkündet Steve glücklich. "Was haben Sie denn?", fragt Dungeé neugierig. "Ich habe mir nochmal alle Personen angeguckt, mit denen wir zu tun hatten." "Das habe ich auch. Ich habe nichts gefunden." "Thomas Burton, der Förster aus dem Thetford Forest Park, hat vor acht Monaten seine Frau Shirley und seinen siebenjährigen Sohn Marc bei einem Autounfall verloren." "Das ist sicher traurig, aber was hat das mit unserem Fall zu tun. Thomas Burton hat Sophie gerettet." Dungeé versteht den Zusammenhang nicht. "Ja, schon. Aber wir sind davon ausgegangen, dass die Kinder ein Ersatz sind. Jetzt überlegen Sie doch mal. Thomas Burton verliert Frau und Sohn und besorgt sich einen neuen Sohn.", erklärt Steve stolz. "Das ergibt keinen Sinn. Warum dann Sophie?" Dungeé zweifelt an der Theorie von Steve. "Vielleicht wollte er wissen, wie es ist, ein Mädchen zu haben." "Und warum hat er sie dann gerettet? Er hätte damit rechnen müssen, dass Sophie Dinge über ihn ausplaudert." Dungeé ist nicht überzeugt. "Thomas Burton ist Förster in dem Park. Er kennt sich da prima aus. Er versteckt Sophie tief im Wald. Sie schafft es weiter raus, als er dachte und er trifft sie zufällig bei einem seiner Rundgänge. Jetzt hatte sie ihn gesehen. Was soll er sagen, wenn Sophie jemandem erzählt, dass da ein Mann war, der ihr nicht geholfen hat?" "Und warum hat er sie dann nicht einfach umgebracht?" "Das können wir ihn gleich selber fragen." "Ich weiß nicht, Officer Johnson. Ob sie sich da nicht verrennen." Dungeé ist immer noch nicht derselben Meinung wie Steve, doch er gibt sich geschlagen und stimmt zu, dass die beiden Thomas Burton einen Besuch abstatten. Die beiden halten vor einem alten Einfamilienhaus. Detective Dungeé und Steve steigen die Stufen zur Haustür hoch. Steve klingelt. Nichts passiert. "Vielleicht ist er nicht zuhause." Dungeé will schon wieder gehen, da öffnet sich die Tür. Thomas Burton schaut die beiden freundlich an.

Er trägt eine dunkle Cordhose und einen dicken Norwegerpullover. "Hallo, Mr. Burton. Ich bin Detective Dungeé, das ist mein Kollege Officer Johnson. Wir hätten noch ein paar Fragen zu der Auffindung von Sophie Wilson." "Klar, kommen Sie rein." Bereitwillig hält Thomas Burton den beiden die Tür weit auf. Das Innere des Hauses ist nicht sehr ansprechend gestaltet. Es gibt keine Fotos an den Wänden oder auf der Kommode im Flur. Detective Dungeé fühlt sich nicht wohl in dem Haus. "Mr. Burton, wie kam es, dass Sie Sophie Wilson gefunden haben?" Steve legt direkt mit den Fragen los. "Ich habe meine Runde gemacht, wie jeden Morgen. Ich hätte sie gar nicht gesehen. Billy, mein Hund, hat sie gefunden und mich auf sie aufmerksam gemacht." Wie auf Befehl kommt ein großer, brauner Labrador um die Ecke. Er beschnuppert Dungeé und Steve. Dungeé streichelt ihn. " Wie gut kennen Sie den Wald?" "Ich bin der Förster dort. Ich kenne den Wald in- und auswendig." "Mr. Burton, ich muss Sie das jetzt fragen. Sicher haben Sie von Tommy McEarl gehört, der, wie Sophie, entführt wurde. Wo waren Sie als Tommy McEarl entführt wurde?" "Ich habe davon gehört. Schrecklich das Ganze. Ich war im Wald und habe die Bäume nach morschen Ästen abgesucht."

"Gibt es dafür Zeugen?" "Nein, meistens bin ich allein im Wald. Es gibt Tage, da sehe ich gar keine Menschen. Naja, Billy kann bestätigen, dass ich da war. Er ist immer bei mir. Er gehörte Marc, meinem Sohn." "Ja, von ihrem Verlust haben wir gehört. Es tut uns leid. Haben Sie einen Keller?" "Officer Johnson, das reicht jetzt." Dungeé geht dazwischen. Steve geht entschieden zu weit. Thomas Burton ist ein armer Mann, der Frau und Kind verloren hat. Jetzt hat er ein Kind gerettet und Steve behandelt ihn wie den Hauptverdächtigen. "Entschuldigen Sie die Störung.", sagt Detective Dungeé. "Kein Problem." Dungeé und Steve treten hinaus in den hellen Sonnenschein. "Was sollte das denn?", fragt Steve. "Wir hätten in seinen Keller schauen müssen." "Officer Johnson, Thomas Burton ist ein Zeuge. Kein Verdächtiger. Er hat seine Familie verloren. Der Mann kommt allein gar nicht zurecht. Haben Sie den verwilderten Garten gesehen? Der ist gar nicht in der Lage zwei Kinder zu entführen." Langsam wird Dungeé sauer. Wie kann Steve nur so rücksichtslos sein? "Ja, vielleicht haben sie recht.", gibt Steve kleinlaut zu.

Wie ist die Polizei denn jetzt auf mich gekommen?
Warum denkt dieser eine Polizist, dass ich Tommy
entführt habe? Zum Glück hat der andere seinen
Kollegen davon abgehalten, in den Keller zu
sehen. Ich weiß nicht, was ich dann gemacht hätte.
Sie hätten definitiv Tommy gefunden. Ich muss ihn
zu der Hütte im Wald bringen. Nicht, dass die
Polizisten hier nochmal auftauchen. Tommy war
schön ruhig. Ich habe ihm gesagt, wenn Besuch
kommt und er nicht ruhig ist, bring ich den Hund
um. Das würde ich natürlich niemals machen,
Billy war Marcs Hund, aber Tommy mag den
Hund so gerne, dass ich ihm damit drohen kann.
Außerdem muss ich das nächste Mal, wenn ich
nicht da bin, alle Fenster und Türen doppelt
abschließen. Fast wäre der Junge mir entkommen.
Doch ich kann ihm nicht böse sein, er muss sich
schließlich noch eingewöhnen. Ich werde direkt
nochmal losfahren, Lebensmittel kaufen. Vor allem
Konserven. Ich weiß noch nicht, wie lange der
Junge in der Hütte bleiben muss.

Kapitel 21

Detective Dungeé und Steve wollen gerade in
Dungeés Chevrolet steigen, da tritt die Nachbarin
von Thomas Burton an den Gartenzaun.
"Entschuldigung, sind Sie von der Polizei?"
Detective Dungeé dreht sich um. "Ja, das sind wir.
Ich bin Detective Dungeé und das ist mein Kollege
Officer Johnson.", antwortet Dungeé und zeigt
dabei auf sich und Steve. "Ich bin Dorothy Miller
und ich wohne schon mein ganzes Leben hier."
Dorothy Miller ist eine kleine, zierliche Frau. Sie
hat kurze, graue Haare und trägt eine randlose
Brille. Dungeé schätzt sie auf Ende achtzig,
vielleicht Anfang neunzig. In ihrem hellblauen
Rock und ihrer enganliegenden Rüschenbluse sieht
sie noch zierlicher aus. Ihr beigefarbener Blazer
scheint schon etwas älter zu sein, doch Mrs. Miller
ist gepflegt. Auch ihr Garten und ihr Haus sehen
sehr gepflegt aus. "Ich habe in den Nachrichten
von den entführten Kindern gehört. Ich habe etwas
beobachtet." "Wollen wir nicht reingehen?", fragt
Steve. Mrs. Miller hat die Arme um ihren Körper
geschlungen und zittert leicht. Das Innere des
Hauses ist schön dekoriert. An der Wand hängen
Bilder von Kindern. Wahrscheinlich ihre Enkel.

"Möchten Sie etwas trinken?" "Nein, danke."
Dungeé schaut in das Wohnzimmer. In einem
Ohrensessel sitzt Mr. Miller. "Guten Tag, wir sind
von der Polizei.", sagt Detective Dungeé. Mr.
Miller reagiert nicht. Er starrt einfach vor sich hin.
"Versuchen Sie es gar nicht erst. Er bekommt
nichts mehr mit. Albert hat Demenz. Ich pflege
ihn. Jeden zweiten Tag kommt der Pflegedienst."
Dungeé ist überrascht, dass Mrs. Miller noch die
Kraft dazu hat, sich um ihren Mann zu kümmern
und ihn nicht in ein Pflegeheim gibt. Sein Blick
fällt auf einen großen Flachbildfernseher. Mrs.
Miller folgt seinem Blick." Man gönnt sich ja sonst
nichts.", sagt sie. "Was haben Sie denn
beobachtet?", fragt Steve. "Mr. Burton, mein
Nachbar, arbeitet sehr viel. Insbesondere, seit seine
Frau und sein Sohn gestorben sind. Er ist kaum
noch zuhause. Doch in letzter Zeit ist er häufiger
da. Und dann gestern. Ich war gerade in meinem
Nähzimmer auf dem Dachboden. Ich nähe Kleider
für meine Puppen. Warten Sie, ich hole eine."
"Das ist nicht nötig, Mrs. Miller.", sagt Dungeé.
Doch Mrs. Miller ist schon die Treppe hoch.
Dungeé schaut wieder zu Mr. Miller. Er sitzt
immer noch in derselben Position in seinem
Sessel. So möchte ich nicht enden, denkt Dungeé
gerade als Mrs. Miller die Treppe herunterkommt.

In der Hand hält sie eine Puppe, die ziemlich wertvoll aussieht. Die Puppe trägt ein rotes Kleid mit weißen Punkten. "Das ist meine Daisy. Sie ist meine Lieblingspuppe.", schwärmt Mrs. Miller. "Die ist wirklich schön.", sagt Dungeé. "Was haben Sie denn gestern beobachtet?" "Im Garten von Mr. Burton war ein Junge. Er kam aus der Terrassentür und lief um das Haus. Ich bin die Treppe runter und in den Vorgarten gegangen, da kam Mr. Burton und hat den Jungen wieder mit ins Haus genommen. Es kam mir seltsam vor, weil den Jungen hatte ich noch nie bei Mr. Burton gesehen." "Das ist tatsächlich seltsam. Wir werden der Sache auf den Grund gehen. Ich wünsche Ihnen noch einen schönen Tag, Mrs. Miller.", verabschiedet sich Detective Dungeé. "Auf Wiedersehen.", sagt auch Steve. "Wir werden Mr. Burton wohl noch einen Besuch abstatten müssen.", sagt Dungeé als die beiden wieder auf der Straße stehen. Vielleicht war es falsch von ihm gewesen, an Officer Johnson zu zweifeln. Vielleicht hatte er doch recht.

Kapitel 22

Dungeé und Steve betreten erneut das Grundstück von Mr. Burton. Steve geht geradewegs auf die Haustür zu. "Officer Johnson, kommen Sie her! Nicht klingeln! Wir gucken erstmal durch ein Fenster.", sagt Dungeé zu Steve. Die beiden gehen am Haus entlang. An der linken Seite des Hauses befindet sich ein kleines Fenster. Dungeé drückt sich an die Hauswand neben dem Fenster. "Officer Johnson, Sie gehen gebückt unter dem Fenster durch und schauen von der anderen Seite des Fensters in das Haus." Detective Dungeé wartet, doch Steve kommt nicht. Dungeé dreht sich um. Steve steht ein paar Meter hinter Dungeé. Er ist in einen umgeknickten Brombeerstrauch getreten und versucht sich zu befreien. "Officer Johnson, jetzt kommen Sie schon!" "Ja, bin gleich da." Steve entfernt die Dornen von seiner Hose. Dann läuft er zu Dungeé und geht in gebückter Haltung unter dem Fenster durch. "Ok, ganz vorsichtig hineinschauen. Auf drei!", gibt Dungeé das Kommando. "Eins, zwei, drei!" Beide schauen in das Fenster. Hinter dem Fenster befindet sich eine Küche. Die Küchenschränke sind schon in die Jahre gekommen.

Direkt vor dem Fenster befindet sich eine Spüle. Neben der Spüle stehen ein paar Teller, die fein säuberlich gestapelt sind. In der Mitte des Raumes steht ein Tisch, an dem ein Junge sitzt. Er löffelt eine Suppe. "Das ist Tommy!", stellt Steve fest. Er sieht genauso aus wie auf dem Foto, das Mr. McEarl ihnen gegeben hatte. "Ja, das ist er definitiv.", bestätigt Detective Dungeé. "Wie bekommen wir ihn da raus? Soll ich klopfen, damit er uns sieht?", fragt Steve. "Nein, auf keinen Fall. Wir dürfen nicht die Aufmerksamkeit von Mr. Burton auf uns lenken." Ein Mann betritt das Zimmer. Thomas Burton. Dungeé und Steve sehen, wie er zu dem Tisch geht. Er streicht Tommy mit der Hand über das Haar. Dann blickt er zum Fenster. Mit erschrockener Miene steht er da. Dungeé und Steve versuchen sich zwar noch schnell zu ducken, doch es ist zu spät. Thomas Burton hat sie gesehen. Dungeé und Steve eilen zur Haustür. Sie klopfen und klingeln. "Mr. Burton, machen Sie die Tür auf." Doch die Tür bleibt zu. Detective Dungeé nimmt Anlauf und wirft sich gegen die Tür. Sie knackt zwar etwas, aber sie geht nicht auf. "Was machen wir jetzt? Wir müssen da rein.", sagt Steve. "Ich weiß." "Sie sind im Garten!", ruft eine Stimme. Detective Dungeé und Steve schauen sich um.

Mrs. Miller steht am Gartenzaun. Sie zeigt in Richtung Garten. "Danke, Mrs. Miller!", ruft Dungeé. Dungeé und Steve umrunden die Garage und laufen dann am Haus entlang. Diesmal an der rechten Seite. Bevor sie den Garten erreichen, ziehen sie beide ihre Waffen. Inmitten eines vertrockneten Blumenbeetes steht Mr. Burton. Seinen linken Arm hat er um Tommy gelegt. In der rechten Hand hält er ein Gewehr, dessen Lauf abgesägt wurde. Billy läuft bellend durch den Garten. "Mr. Burton, wir wollen Ihnen helfen. Lassen Sie die Waffe fallen!" "Sie können mir nicht mehr helfen. Gehen Sie weg. Lassen Sie mich in Ruhe."

Ich habe dem Jungen eine Dose Suppe warm gemacht. Während ich warte, dass er aufgegessen hat und ich zum Supermarkt fahren kann, packe ich einige Taschen für die Hütte. Insbesondere warme Kleidung und Decken sind wichtig, denn in der Hütte gibt es keine Heizung. Als ich in die Küche komme, um nach dem Jungen zu sehen, steht da doch glatt der Detective mit seinem Kollegen vor dem Fenster. Jetzt haben sie den Jungen gesehen. Panik kommt in mir hoch. Sie dürfen ihn mir nicht wegnehmen. Ich habe meinen Marc gerade erst wieder. Wir müssen zusammenbleiben. Ich hole mein Gewehr und wir gehen raus in den Garten. Ich will nicht, dass jemand im Haus erschossen wird und alles dreckig wird. Ich werde den Polizisten entkommen. Zusammen mit meinem Marc.

Kapitel 23

"Mr. Burton, wir wissen von Ihrem Schicksal.", sagt Steve. "Was wissen sie schon? Wissen Sie wie das ist, wenn Ihre Familie von einer Sekunde zur anderen ausgelöscht wird? Nein, natürlich wissen Sie das nicht. Wir waren glücklich. Wir wollten noch ein zweites Kind. Shirley war schwanger." Dungeé schaut zu Steve rüber. Der zuckt entschuldigend mit den Schultern. "Das wusste ich nicht. Es stand auch nicht in der Akte.", flüstert er Dungeé zu. "Wir wollten eine Nachtwanderung im Thetford Forest Park machen.", fährt Mr. Burton fort. "Die Dämmerung hatte schon eingesetzt. Ich war im Park und habe Berichte geschrieben. Shirley wollte mit Marc zu mir kommen. Wir wollten uns auf dem Parkplatz treffen. Doch sie kamen nicht. Ein Wildschwein ist auf die Straße gelaufen. Shirley ist ausgewichen, das Auto ist ins Schleudern geraten und gegen einen Baum geprallt. Es hat sich regelrecht um den Baum gewickelt. Die beiden waren sofort tot." Mr. Burton hat angefangen zu weinen. "Lassen Sie das Kind gehen. Sie wollen niemanden töten.", versucht Detective Dungeé Mr. Burton zu überreden Tommy gehen zu lassen.

"Nein, das ist mein Marc." "Nein, sehen Sie sich ihn an. Es ist nicht Ihr Sohn. Dieser Junge heißt Tommy McEarl. Seine Eltern vermissen ihn." "Nein. Das ist Marc." "Sie wünschen sich, dass es Marc wäre. Aber er ist es nicht. Lassen Sie ihn los!" Mr. Burton weint inzwischen bitterlich. "Das ist nicht mein Marc.", schluchzt er. "Aber er ist mein Ersatz für Marc. Ich habe wieder einen Sohn, um den ich mich kümmern kann." "Was mich interessieren würde, wenn Sie unbedingt einen Sohn haben möchten, warum haben Sie dann Sophie Wilson entführt?", fragt Steve. "Als ich im Greenwich Park war, wollte ich mir einen Jungen holen, aber es bot sich mir keine Gelegenheit. Aber das Mädchen, das allein auf der Wiese stand, war perfekt. Doch zuhause angekommen, erwies sie sich als Fehlgriff. Sie wollte nichts mit mir machen und mein Verlangen nach einem Jungen wurde immer größer. Ich bin dann in den Hyde Park. Auf dem Spielplatz habe ich die Kinder beobachtet und mich für einen Jungen entschieden. Ich bin ihm und seiner Mutter gefolgt. In einem unbeobachteten Moment habe ich den Jungen mitgenommen. Die Kinder haben nicht mal geschrien, so überrascht waren sie." Ob Mr. Burton weiß, dass er gerade ein komplettes Geständnis ablegt. "Ich will zu Marc." "Mr.

Burton, lassen Sie Tommy gehen!", versucht es Dungeé noch einmal. "Möchtest du Billy behalten?", fragt Mr. Burton Tommy. Tommy nickt vorsichtig. "Kümmere dich gut um ihn." Dann lässt er Tommy los. Tommy läuft sofort zu Billy. "Los, Officer Johnson. Bringen Sie Tommy zum Wagen." Steve holt Tommy und Billy und bringt die beiden aus dem Garten heraus. Und jetzt lassen Sie die Waffe fallen!", ruft Detective Dungeé. Doch anstatt die Waffe fallen zu lassen, richtet Thomas Burton sie auf sich selbst.

Ich will zu Marc. Ich vermisse ihn so sehr. Ich möchte ihn und Shirley endlich wieder in die Arme schließen. ,Habt keine Angst, ich komme zu euch. Gleich sind wir wieder vereint. '

Kapitel 24

Ein Schuss hallt durch die Nachbarschaft. Mrs. Miller, die noch immer am Gartenzaun steht, zuckt merklich zusammen. Mr. Burton sackt zu Boden. Detective Dungeé lässt die Waffe sinken und geht langsam auf ihn zu. Blut läuft aus Mr. Burtons Kopf. Es versickert in der Erde. Er hat es selbst getan. Thomas Burton hat sich selbst erschossen. Er wollte seiner Familie nahe sein. Jetzt ist er wieder bei ihnen. Jetzt werden sie nie erfahren, warum er Sophie am Leben gelassen hat. Dungeé hebt Mr. Burtons Gewehr auf. Dann wendet er sich von der Leiche ab und geht zum Auto. Um den Rest wird sich die Spurensicherung kümmern. Auf dem Weg zum Auto beruhigt er Mrs. Miller. Sie hält sich die Hände vors Gesicht. "Es ist alles so schrecklich." "Ich weiß, aber jetzt ist es vorbei." Dungeé legt das Gewehr in den Kofferraum. Dann fahren sie zu den McEarls. "Hat der Mann dir weh getan?", fragt Steve Tommy unterwegs. "Nein, er war nett zu mir. Nur dass ich nicht raus durfte, war doof." "Jetzt fahren wir nach Hause.", sagt Steve zu Tommy. Tommy schlingt die Arme um Billy. Detective Dungeé und Steve haben keine Zweifel daran, dass Tommy und Billy ein super Team darstellen. Bei den McEarls angekommen, schaffen die drei es nicht mal bis zur Haustür. Sie sind auf halbem Weg, da wird die Tür aufgerissen und Mrs. McEarl stürmt heraus. Sie läuft auf Tommy zu und nimmt ihn ganz fest in den Arm. Auch Mr. McEarl erscheint in der Tür. Er wartet, bis seine Frau mit Tommy das Haus erreicht hat. Dann nimmt auch er Tommy fest in den Arm. Billy springt an allen hoch. "Wer ist denn das?", fragt Mr. McEarl. "Das ist Billy. Der Mann hat ihn mir geschenkt.", antwortet Tommy. "Darf ich ihn behalten?" "Natürlich mein Großer.", stimmt Mr. McEarl zu. Und auch Mrs. McEarl ist einverstanden. Die McEarls gehen, gefolgt von Detective Dungeé und Steve, ins Haus. Babett kommt aus dem Wohnzimmer. Auch sie umarmt Tommy. Dann streichelt sie Billy, der sie erstmal abschleckt. Babett lacht. "Babett, backen Sie einen neuen Schokoladenkuchen. Der alte ist schon vertrocknet." "Ja, natürlich." "Ja, Schokoladenkuchen.", freut sich Tommy. "Detective Dungeé, vielen Dank für Ihre Arbeit. Sie haben unseren Sohn gefunden. Wir sind Ihnen überaus dankbar.", sagt Mrs. McEarl. "Auch von mir vielen Dank.", schließt sich ihr Mann an. "Danke, das ist sehr nett von Ihnen.

Doch ich denke, der größte Dank geht an meinen Kollegen, Officer Johnson. Er war auf der richtigen Fährte." Die McEarls bedanken sich auch bei Steve. "Wir müssen dann auch mal wieder los.", sagt Dungeé. Er möchte, dass die McEarls jetzt allein Zeit zusammen verbringen können. Als die beiden im Auto sitzen, brennt Detective Dungeé noch etwas auf der Seele. "Officer Johnson, ich muss mich bei Ihnen entschuldigen. Sie waren auf der richtigen Spur und ich habe Ihnen nicht geglaubt. Dadurch hätten wir Tommy fast nicht gefunden. Ich hoffe, Sie nehmen meine Entschuldigung an. Ich werde mich bessern und in Zukunft öfter mal auf Sie hören." "Ist schon okay. Ich nehme die Entschuldigung an. Es ist ja nochmal alles gut gegangen." Dungeé ist froh, dass Steve das so locker sieht. "Wie wäre es, wir beide heute Abend auf ein Bier? In der Kneipe, in die die Kollegen immer alle gehen.", schlägt Steve vor. "Ja, warum nicht.", stimmt Dungeé zu.

Kapitel 25

Detective Dungeé kommt gerade nach Hause. Er freut sich auf den Abend mit Steve. Es ist schon viel zu lange her, dass er abends weggegangen ist. So sehr er sich am Anfang auch gegen Steve gewehrt hat, so froh ist er jetzt ihn zu haben. Ohne Steve wäre er niemals auf die Idee gekommen, Thomas Burton zu überprüfen. Er kann nicht sicher sagen, ob er Tommy überhaupt jemals gefunden hätte. Dungeé holt eine Tiefkühlpizza aus dem Gefrierschrank und schiebt sie in den Ofen. Er hat heute keine Lust zu kochen. Die Pizza ist gerade fertig, da klingelt sein Handy. "Dungeé!" "Detective Dungeé, ich bin es, Mrs. Wilson. Ich habe in den Nachrichten gehört, dass Sie Tommy McEarl gefunden haben und dass Thomas Burton der Täter ist. Ich kann es nicht glauben. Ich war bei ihm zuhause und habe mich bedankt, dass er meine Tochter gerettet hat und in Wirklichkeit hat er sie entführt. Warum hat er sie am Leben gelassen?" "Die Frage kann ich Ihnen leider nicht beantworten. Wie sie sicher auch gehört haben, ist Mr. Burton tot. Er kann uns diese Frage nicht mehr beantworten. Sophie hatte einfach wahnsinniges Glück.

Wie geht es ihr?" "Besser. Sie will sogar schon wieder in den Park und das Picknick nachholen." "Das sind ja gute Neuigkeiten."

Am Abend fährt Dungeé zu der Bar, in der er sich mit Steve treffen will. Steve ist schon da. "Da sind Sie ja. Ich habe schon eins für Sie mitbestellt." Dungeé nimmt dankend sein Bier entgegen. Die beiden unterhalten sich ein bisschen, bis Steve sagt: "Gucken Sie mal die Braunhaarige da drüben. Die guckt schon die ganze Zeit in Ihre Richtung." Dungeé schaut sich um. Aus einer Ecke der Bar winkt ihm eine Frau mittleren Alters zu. Sie trägt ein rotes Kleid mit Spitze am Ausschnitt. "Gehen Sie schon rüber!", fordert Steve ihn auf. "Sind Sie sicher?" "Na klar, haben Sie Spaß. Amüsieren Sie sich." "Na gut." Was hat er schon zu verlieren. Er ist geschieden. Dies ist sein erstes Treffen mit einer Frau seit der Scheidung. Kurz überlegt er, was Catherine dazu sagen würde. Doch eigentlich ist es ihm egal. Sie sind nicht mehr zusammen. Sie hat einen neuen Mann gefunden. Jetzt ist er an der Reihe, eine neue Frau zu finden. Mit seinem Bier in der Hand macht er sich auf den Weg zu dem Tisch, an dem die Frau sitzt.

Danksagung

Danken möchte ich meinen Eltern, Roselies und Heinrich, dafür, dass sie mich immer unterstützen. Und natürlich Ihnen, liebe Leserinnen und Leser.

Über die Autorin

Nina Imhoff wurde 1997 in Delmenhorst geboren und lebt auch heute noch dort. Sie entdeckte schon früh das Schreiben für sich, indem sie Kurzgeschichten schrieb.

Bisher erschienen:

Und du denkst, du bist sicher

Wo seid ihr?

Facebook: Nina Imhoff

Instagram: nina_imhoff2